MW00748370

Les éditions la courte échelle inc.
Montréal • Toronto • Paris

Raymond Plante

Raymond Plante aime les jeux, les musiques, les images, les gens et les mots qui deviennent des histoires. Raymond Plante aime lire les histoires des autres et en inventer à son tour. Il en aura bientôt écrit mille qui sont maintenant des émissions de télévision et, parfois, des livres. Quatorze livres en tout. Pour tous les âges. Mais tout cela reste de la petite histoire. Le plus important, ce sont les histoires qu'il écrira bientôt. Parce que Raymond Plante croit que c'est à travers les histoires qu'on révèle toute la vie qu'on porte au-dedans de soi.

À la courte échelle, dans la même collection, il a publié *Le roi de rien* qui a obtenu le prix de l'ACELF, en 1988.

Jules Prud'homme

Jules Prud'homme est né en 1958. Il illustre, entre autres choses, des éditoriaux et fait de la bande dessinée. Son personnage Xavier, que l'on retrouve maintenant dans *Croc*, a d'abord fait son apparition dans la revue *Titanic*. Comme Jules Prud'homme aime énormément la bande dessinée, il publie, également dans *Croc*, les Histoires nocturnes. En plus de l'encre, des formes et des crayons avec lesquels il adore s'amuser, il fait de la musique, raffole du blues et préfère ses céréales avec beaucoup de lait.

Caméra, cinéma, tralala est le deuxième roman qu'il illustre à la courte échelle.

À Jean-Louis, mon père,
qui aimait les chansons
et qui savait par coeur les Fables
de monsieur Jean de La Fontaine

Les éditions la courte échelle inc.
5243, boul. Saint-Laurent
Montréal (Québec) H2T 1S4

Conception graphique:
Derome design inc.

Révision des textes:
Odette Lord

Dépôt légal, 1er trimestre 1989
Bibliothèque nationale du Québec

Données de catalogage avant publication (Canada)

Plante, Raymond, 1947-
Caméra, cinéma, tralala
(Roman Jeunesse; 17)
Pour enfants à partir de 9 ans.

ISBN 2-89021-094-4

I. Prud'homme, Jules. II. Titre. III. Collection.

PS8581.L36N65 1989   jC843'.54   C88-096460-X
PS9581.L36N65 1989
PZ23.P52No 1989

Raymond Plante

CAMÉRA, CINÉMA, TRALALA

Illustrations
de Jules Prud'homme

Chapitre I
Le soir des mets chinois

Depuis le début de l'été, Einstein se parle tout seul. Le perroquet raconte des histoires à dormir debout. Il n'y a souvent que Julien Roy pour les écouter. Mais l'histoire qui suit n'est pas une histoire d'Einstein. C'est une histoire qui commence un soir de mets chinois.

Ce soir-là, quand Jean-Claude Roy rentre de son travail, Einstein lui lance tout de suite un joyeux «Salut, la compagnie». Une habitude chez lui. Dès qu'il entend la porte d'entrée, le perroquet pousse son cri de bienvenue.

— Salut, la compagnie! pour saluer Stéphane Roy, le joueur de hockey qui trouve les jours d'été insupportables. Il passe son temps à regarder le calendrier. Il compte les jours qui restent avant son départ pour l'école de hockey. C'est son camp d'été à lui.

— Salut, la compagnie! pour saluer

Catherine Roy, la plus belle de toutes les belles filles du quartier.

— Salut, la compagnie! pour saluer Jean-Claude Roy, le roi des représentants de la compagnie Orange, la célèbre compagnie d'ordinateurs.

— Salut, la compagnie! pour saluer Nicole Chapleau, la reine du hot dog, quand elle revient de son petit casse-croûte.

Et surtout:

— Salut, la compagnie! pour saluer Julien Roy, son maître. Julien, le roi de rien.

Einstein lance même son fameux «Salut, la compagnie!» à Vincent Langevin, le roi des bécoteux et le grand copain de Catherine.

Même cri à Philippe Dubuc, le gros chef de la bande qui porte son nom, à Ariane Potvin, la fille à lunettes, à Martine Leroux aux cheveux noirs et aux jumeaux Bienvenue qui ne se ressemblent surtout pas comme deux gouttes de pluie.

Ce soir-là, les salutations d'Einstein sont donc destinées à Jean-Claude Roy. Il entre, souriant, un gros sac brun dans les bras. Il est en retard et n'a pas pu préparer le repas.

— Excusez-moi tout le monde. Je n'ai pas pu faire autrement. Mais j'apporte une surprise.

Quand il ne prépare pas le repas du soir, Jean-Claude va chercher des mets chinois chez son restaurateur préféré.

Toute la famille sait que, pour ne pas préparer le repas, Jean-Claude a une sacrée bonne raison. La plupart du temps, c'est qu'il a le goût de fêter.

— Vous ne pouvez pas savoir ce qui m'est arrivé, déclare-t-il en éparpillant du riz frit un peu partout sur la nappe.

— Un de tes clients t'a donné des billets de baseball, dit Stéphane qui ne pense vraiment jamais à autre chose qu'aux sports. Même s'il n'aime pas le baseball.

Le père fait non de la tête. Le baseball, pour lui, c'est comme du chinois, il n'y comprend rien. Quand il se rend au stade, il mange une quantité folle de maïs soufflé et finit par renverser son orangeade sur son pantalon.

— Tu as croisé une vedette de cinéma, ajoute Catherine qui ne pense

vraiment qu'aux films.

Encore une fois, Jean-Claude secoue la tête. Il aime le cinéma, mais il ne connaît pas le nom des acteurs.

— Tu as vu un hippopotame en avion, dit Julien qui a vraiment des idées plus que bizarres.

Jean-Claude n'a pas le temps de secouer la tête qu'Einstein ajoute son grain de sel:

— Et vive la compagnie!

— Vous êtes tous dans les patates, déclare Jean-Claude Roy en entamant du bout de ses baguettes chinoises son rouleau impérial à la sauce pékinoise.

Nicole vient à peine de prendre place à la table qu'elle lève le doigt:

— J'ai deviné.

— Tu devines pourquoi je suis heureux en ti-pépère?

— C'est que tu as vendu plusieurs ordinateurs.

Jean-Claude Roy avale une bouchée de travers. Il n'en revient pas.

— Comment as-tu fait pour deviner?

— Je te connais, mon Jean-Claude. Et puis je sais que tu es le roi des représentants de la compagnie Orange.

Voilà! C'est pour ça que Jean-Claude Roy est si fier de son coup. Julien se dit qu'il n'y a pas de quoi faire un plat de poulet à la sauce rouge et piquante de Peking. Son père est toujours le roi des vendeurs.

Chacun plonge le nez dans son assiette où le boeuf Hu-nan, les crevettes des étoiles et les pois des neiges se font appétissants.

Jean-Claude mange beaucoup moins vite que les autres. Il tient absolument à utiliser les baguettes chinoises et se complique la vie. Quand Nicole le lui fait remarquer, il déclare qu'il mange ainsi de plus petites bouchées et que c'est meilleur pour la santé.

— Oui. J'ai fait une démonstration de nos ordinateurs et de nos programmes chez des producteurs de films. Tu dois connaître ça, Catherine, Les productions du Soleil chinois ou quelque chose comme ça?

Catherine a des étincelles dans les yeux.

—Tu veux dire: Les productions du Soleil québécois?

— C'est ça.

Catherine est aux petits oiseaux.

— Comment c'était? Tu as vu un grand cinéaste? Un grand comédien?

— Je n'ai jamais vu autant d'affiches que ça. Des affiches qui font peur pour les films d'horreur, des affiches de bécoteux pour les films d'amour, des affiches de grimaceux pour les films d'humour.

Catherine est tellement aux oiseaux qu'elle boit le petit contenant de sauce aigre-douce, croyant avaler une grande gorgée d'eau.

Une fois rétablie, une fois que tout le monde a bien ri, Jean-Claude glisse la carte du producteur devant sa fille.

— J'ai pensé à toi, Catherine. Pendant que j'étais là, Fernand Vachon, le producteur, a reçu une ti-pépère de mauvaise nouvelle. Tu connais Jacques Plouffe?

— Oui, c'est lui qui joue le grand frère de Boris Bichonnet dans les films de Mireille Barbier.

— Eh bien, dit solennellement Jean-Claude en entrechoquant ses baguettes, il s'est cassé une jambe en moto!

Catherine est catastrophée.

— Mais ils veulent le remplacer par une fille qui serait la cousine de Maurice

Bi... quoi déjà?

— Boris Bichonnet, crie Catherine.

Et Jean-Claude commence à peine à murmurer:

— J'ai dit au producteur que tu aimerais certainement passer une audition pour...

Que Catherine est déjà au cou de son père.

— C'est génial.

Jean-Claude est d'accord. Il trouve moins génial d'avoir de la sauce piquante de Peking sur sa chemise.

— La prochaine fois que je t'annoncerai une bonne nouvelle, je mettrai mon tablier, ma grande.

Quand Catherine est heureuse, il n'y a rien de chinois là-dedans, ça paraît. Même Einstein comprend la chose. Il n'arrête pas de répéter:

— C'est génial! C'est génial! C'est génial!

En anglais, en français, en grec et même en chinois.

Chapitre II
Catherine et le petit bouc qui rit

On imagine les producteurs de films comme des hommes très gros, rougeauds et dont la principale activité est de mâcher un énorme cigare. M. Vachon, le patron des productions du Soleil québécois, est exactement le contraire.

Petit, maigrichon, il semble toujours de bonne humeur. En fait, il n'arrête jamais de rire malgré sa barbichette pointue qui lui donne l'air d'un bouc.

En s'asseyant devant lui, Catherine ne remarque pas qu'il ressemble à un bouc. Elle ne le regarde pas tellement. Elle est trop impressionnée par les affiches des films qui ont été de grands succès.

Il y a aussi les photos de vedettes qui ornent les murs du bureau. Elle sursaute même quand M. Vachon lui demande:

— Ainsi, vous voulez jouer dans mon film?

— Moi... euheuheuh...

Elle a pourtant préparé un bon discours. Ce matin encore, elle était prête à répondre à n'importe quelle question, prête à expliquer qu'elle rêvait de cinéma, que toutes ses pensées se déroulaient comme un film en couleurs, que... et que... Mais elle reste bouche bée. Elle se met à bégayer:

— Euh... oui, oui... j'ai toujours espéré que... et vous... et, enfin, je pense... ou je crois...

Complètement confus, le discours de Catherine. Elle lance des mots perdus comme les papillons qui voltigent dans son estomac.

La nervosité, parfois, ça vous retourne à l'envers comme une mitaine mouillée que l'on fait sécher sur un radiateur ou une bouche d'air chaud.

Fernand Vachon a déjà vu pire. Mine de rien, avec son rire de petit bouc, il aide Catherine. Il lui tend un texte imprimé sur de longues feuilles blanches.

— Voilà. C'est le scénario. Prenez la séquence 28. Vous avez quinze minutes pour l'apprendre par coeur. Ensuite, vous devrez la jouer. Maintenant, si vous le voulez bien, allez dans la salle d'attente, j'ai des coups de fil urgents à faire à New York, Paris, Londres et Berlin.

Catherine se retire pendant que Fernand Vachon fait tourner son appareil téléphonique devant sa figure rieuse comme l'on fait rouler un globe terrestre avant de pointer un pays au hasard.

Dans la salle d'attente, Catherine commence à lire la séquence 28. Elle aimerait avoir le temps de fouiller tout le scénario pour connaître Isabelle, le personnage qu'elle devra interpréter. Mais elle a à peine le temps de regarder la scène.

Isabelle interroge son jeune cousin qui a un air bizarre. C'est le rôle de Boris Bichonnet. Dans le film, il s'appellera Éric. Elle croit que des extraterrestres l'ont hypnotisé.

Dix minutes plus tard, elle revient devant Fernand Vachon. Pour la circonstance, il est en compagnie de la réalisatrice du film, Mireille Barbier.

— Alors, lui demande Fernand Vachon en riant, est-ce que vous pouvez pleurer?

— Je peux rire. Je peux pleurer aussi, répond Catherine.

Le producteur se met à rigoler de plus belle. Il jette un regard très gai vers Mireille Barbier.

— Elle est formidable, non?

La réalisatrice a beau sourire, l'attitude de Vachon l'étonne. Il poursuit:

— Vous savez, Catherine, au cinéma, c'est très facile de rire. Si vous ne pouvez pas le faire quand on vous le demande, on peut engager une chèvre qui vous léchera la plante des pieds. Avec cela, on obtient toujours un bon succès. L'important est de voir l'actrice rire et de ne pas voir la chèvre.

Fernand Vachon, le petit bouc du cinéma, a vraiment un sens de l'humour bizarre. Catherine rit sans comprendre exactement pourquoi. De son côté, Mireille Barbier sourit en se demandant si elle ne devrait pas pleurer. Cela n'empêche pas le producteur d'enchaîner sur le même ton.

— Pour ce qui est de pleurer, certains comédiens se mettent des gouttes dans les yeux. D'autres ont recours aux oignons. D'autres encore se font raconter l'histoire la plus triste du monde.

Une fois encore, le bouc éclate de rire.

Vraiment, Catherine et la réalisatrice se regardent et se demandent si l'homme qui peut téléphoner sur tout le globe comme si c'était une arachide est sain d'esprit.

Elles n'ont pas le temps de s'interroger davantage. Fernand Vachon devient tout à fait sérieux.

— Je blague, je blague, je blague.

Il ricane à peine lorsqu'il ajoute:

— Je m'excuse. J'aime bien faire mon spectacle de temps à autre, moi aussi. D'autant plus que Boris Bichonnet ne peut pas être ici pour vous donner la réplique. J'aurais souhaité qu'il vous rencontre. Mais sa mère ne veut pas. Il a rendez-vous chez son professeur de tennis où il brise une raquette par leçon. Mais c'est une autre histoire.

Catherine est déçue, bien sûr. Elle a peur de rater la chance de sa vie. Alors, sans hésiter, elle dit:

— Si vous voulez voir comment je joue, je peux vous réciter mon texte.

— Ça ne tient pas debout, réplique M. Vachon. La séquence que vous venez d'apprendre est un dialogue, pas un monologue.

— Dans ce cas-là, voici une fable de La Fontaine.

Sans plus attendre, Catherine se met à réciter *La cigale et la fourmi*, comme si c'était une chanson, suivie du *Lièvre et la tortue*, comme si elle était très pressée.

Le producteur est étonné. Il fait un clin d'oeil malicieux à Mireille Barbier avant de déclarer:

— En vous voyant entrer, j'étais certain que vous joueriez le rôle à la perfection. Vous serez Isabelle.

Si Catherine n'avait pas peur de paraître ridicule, elle sauterait au plafond et crierait youppi. Elle se contente de remercier Fernand Vachon et Mireille Barbier.

— Voilà, poursuit Fernand le Bouc. Vous sentez-vous émue de devenir la cousine de Boris Bichonnet? C'est un garçon supergénial, vous savez. Il a été la grande vedette des films *Zinzin sur le soleil* et *La poule qui avait peur du froid*. Mais surtout de *L'auto de carton* que j'ai moi-même eu le plaisir de produire.

Catherine a déjà vu tous ces films. Bien sûr, ce n'est pas Boris Bichonnet qui l'a fait rêver, mais Jacques Plouffe qui jouait le grand frère de Boris.

— Bon... Maintenant, allez voir ma secrétaire et signez votre contrat. Mireille et moi, nous avons à faire. Nous devons trouver une bande de jeunes figurants qui jouera le groupe d'extraterrestres qui...

Au lieu d'aller rencontrer la secrétaire de Fernand Vachon, Catherine raconte que son frère Julien et que toute la bande de Philippe Dubuc, qui viennent manger des hot dogs chez sa mère, la reine du hot dog, seraient des extraterrestres extraordinaires.

Le producteur, qui rit comme un bouc, se montre très intéressé.

— En fait, ajoute-t-il, ils n'auraient pas besoin de savoir jouer la comédie. Ils ne feront qu'émettre des sons. Des sons très drôles.

Et c'est ainsi que Julien Roy, qui croyait passer son été tranquille, et la bande de Philippe Dubuc ont été mêlés au film *Le petit homme des planètes* sans le demander.

En apprenant la nouvelle, Einstein devient mauve de jalousie. Il invente toutes sortes d'insultes pour dissuader Julien de faire du cinéma.

Mais Julien est trop curieux, beaucoup trop curieux pour refuser.

Chapitre III
Le roi se montre le nez

Entre deux colonnes sur lesquelles une mousse verte semble moisir, une vache montre la tête. Elle ne meugle pas. Elle avance simplement. Bientôt, on peut voir qu'elle porte des jeans. Elle a deux jambes comme les humains.

Personne ne s'intéresse à l'affaire. Il s'agit simplement d'un machiniste qui transporte une tête de vache hors du champ de la caméra.

Sur le plateau, entre les réflecteurs, les gros fils de toutes les couleurs, les chaises, les éléments de décors de carton-pâte, les machines à faire de la fumée et les microphones, tout le monde travaille bien doucement.

On pourrait croire que rien ne presse. Au départ, c'est ce qui étonne Julien.

Mais si les machinistes et les techniciens ne semblent pas plus énervés qu'il le faut, il en va tout autrement des membres de la bande.

Dès le premier jour de tournage, le gros Philippe a regardé le décor comme s'il avait vécu dans les coulisses du cinéma depuis l'époque de sa première suce.

Il s'est approché d'une grosse pierre. Se prenant pour Superman, il a tenté de la soulever. La pierre était beaucoup moins lourde qu'il l'avait prévu. Elle était fabriquée en caoutchouc mousse.

C'est comme ça que Philippe, la pierre au bout des bras, s'est mis à reculer sans voir où il allait. Ses pieds se sont emmêlés dans le fil d'un réflecteur. Le réflecteur est tombé. Il a éclaté. Et comme d'habitude, Philippe a dit:

— Ce n'est pas ma faute. Je n'ai pas fait exprès.

Un technicien lui a lancé un regard de feu.

— Arrête de faire le zouave, plein de soupe.

Philippe a été insulté. Il n'aime pas se faire traiter de plein de soupe. S'il est gros, déclare-t-il, ce n'est pas sa faute. En ce qui concerne le «zouave», ça ne l'a pas trop dérangé. Il ne sait pas ce que ça veut dire. Bien qu'il se doute que ce n'est pas un compliment.

Il a été encore plus insulté quand Julien lui a dit:

— Tu as fait le bébé, Philippe. Tu n'avais pas à toucher à cette roche-là.

— Est-ce que c'est ma faute, hein? a répliqué celui qui était rouge comme une tomate en colère.

— Bien oui, c'est ta faute, a renchéri Martine Leroux.

— Bon. C'est ma faute, a conclu Philippe. Mais je n'ai pas fait exprès quand même.

Et puis, il a dû se taire quand le régisseur lui a fait «chut». C'est ce frisé-là qui avertit les figurants quand ils ont à se placer.

Il leur dit quand mettre leurs costumes d'extraterrestres, quand se taire, quand manger, quelle séquence on tourne, qu'est-ce qu'il faut faire exactement.

S'ils voulaient savoir comment un acteur doit agir quand il n'est pas devant la caméra, les jeunes n'auraient qu'à regarder Rémy Bontrain. Dans *Le petit homme des planètes*, le fameux comédien joue le rôle d'un brave antiquaire chez qui débarque une bande d'extraterrestres.

Rémy Bontrain est tranquille. Assis dans un coin, il mémorise son texte. Quand vient le moment de jouer une courte séquence, il écoute très attentivement Mireille Barbier et suit toutes ses consignes à la lettre.

On a besoin d'un éternuement, Rémy Bontrain éternue. On a besoin d'un clin d'oeil, Rémy Bontrain cligne de l'oeil. On a besoin d'un valseur, Rémy Bontrain exécute une petite valse.

C'est un grand comédien. Il peut avoir l'air d'un pompiste ou d'un plombier comme il peut ressembler à un policier ou à un gangster. Il suffit qu'on lui demande.

Là, dans un coin du studio, sous la grosse veste de laine de son personnage, il ne bouge pas trop. Il se cache simplement loin de la lumière. Il ne tient pas à crever.

Il y a Ariane qui semble avoir des fourmis dans les jambes. Elle ne porte pas ses lunettes parce qu'un extraterrestre ne doit pas porter de lunettes. Mais il y a aussi qu'elle veut être plus jolie.

Elle croit qu'elle est beaucoup plus

jolie sans ses lunettes. C'est très discutable. Sans compter qu'elle ne voit pas où elle s'en va.

— Vous me le direz quand il va arriver.

— Qui? demandent les jumeaux Bienvenue en choeur.

— Boris Bichonnet, voyons.

— Chut! souffle le régisseur. Pas si fort.

De son côté, Julien s'ennuie d'Einstein. Pendant un moment, il regrette un peu de ne pas être avec lui. Par contre, il s'émerveille quand Catherine apparaît enfin. Elle doit jouer une scène avec Rémy Bontrain, l'antiquaire.

Catherine est belle, belle comme... En fait, elle est aussi belle que d'habitude. Mais là, sous l'éclairage d'une fausse lune, elle semble encore plus belle. Elle a l'air d'une vraie actrice de cinéma.

— Monsieur Boivin... monsieur Boivin...

Elle chuchote. Le vieil antiquaire se lève.

— Tiens! Il couche tout habillé, pense Julien qui remarque tout.

— Monsieur Boivin.

— J'arrive, murmure le vieil homme qui, dans la vie, est beaucoup plus jeune.

Il se rend doucement à la porte qu'il ouvre. Ça grince. C'est normal, chez un antiquaire que la porte grince.

— Ah! c'est toi!

— Coupez! ordonne la réalisatrice.

La caméra cesse de fonctionner. On se remet à respirer et même à discuter.

Mireille Barbier explique à Rémy Bontrain qu'il a marché trop vite. La caméra n'a pas pu saisir son visage au moment où il passait dans le rayon de lune. On reprend.

Au cinéma, il faut reprendre les scènes un nombre incroyable de fois. Parfois Julien Roy se demande pourquoi. Il ne voit pas ce qui cloche.

Bien sûr, la lune est un peu trop rousse à son goût... et puis, un antiquaire ne couche pas avec ses vieux vêtements même s'il adore les vieilles choses. Mais quand même... la technique est vraiment une drôle de machine.

Quelques essais plus tard, la scène semble réussie. Tout le monde est content. On ne se félicite pas trop fort. La journée n'est pas terminée. Et on a bien d'autres scènes à tourner.

Et puis Boris Bichonnet arrive enfin. Il fait son entrée, suivi de sa mère qui, comme on la voit partout, porte un costume de cowboy.

Pas de cowgirl, mais bien de cowboy, avec ses bottes, son pantalon de cuir, son large chapeau et ses jambes arquées qui lui donnent une drôle de démarche. Il ne lui manque que le cheval, le revolver et le lasso.

Ariane Potvin a des chaleurs. Elle se demande si elle voit des étoiles parce qu'il fait chaud ou si c'est ce Boris Bichonnet qui l'aveugle à ce point. Elle s'agrippe au bras de Martine Leroux qui rouspète:

— Aouch! Tu me pinces.

Mais Ariane n'entend rien. Elle ne voit plus rien depuis longtemps. Elle espère que Boris la remarque. Mais lui, il a la tête ailleurs. Il regarde droit devant lui, comme un acteur qui va chercher un Oscar.

Sa mère le suit en avertissant tout le monde:

— Attention! Attention!

Comme si elle avait peur que quelqu'un

renverse un café bouillant sur la tête de son fils.

— C'est drôle, hein, mais je le pensais plus grand que ça, chuchote Philipe Dubuc à l'oreille de Julien.

— Il paraît qu'il va devenir un grand comédien, lui réplique Julien.

— Bah... il a encore des croûtes à manger, conclut Philippe en riant.

Julien a peur que Boris Bichonnet ait entendu. Mais non, il est trop préoccupé à écouter le bruit de ses pas. Et puis, il a passé devant les figurants sans les regarder, comme si toute la bande ne formait qu'un affreux courant d'air innocent.

Au bout d'un moment, Boris Bichonnet et sa mère se retrouvent face à Catherine et Mireille. La réalisatrice demande au jeune acteur s'il est prêt.

— Non, réplique Boris.

— On veut te parler d'une chose, ajoute la mère.

Mireille Barbier est étonnée. Elle ne comprend pas. Mme Bichonnet, qui n'a pas son pareil pour casser les pieds des autres, commence à dire que la scène doit être modifiée.

— C'est Boris, la vedette, non? Alors,

il faut que ce soit lui qui vienne voir l'antiquaire et non sa cousine. Isabelle, elle n'est rien dans cette histoire-là.

Catherine comprend que son rôle se réduira bientôt à pas grand-chose.

Par chance, Rémy Bontrain lui fait un clin d'oeil.

— Tu comprends pourquoi Jacques Plouffe ne voulait plus jouer le rôle de son grand frère. Son accident de moto, c'est de la frime. Il n'a pas plus la jambe cassée que j'ai deux nez au milieu de la figure.

Il donne une légère pichenette sur l'oreille de Catherine.

— Avec Boris, il faut toujours que l'on soit deuxième. Il se prend pour le roi du film.

Catherine a envie de pleurer. Elle se mord les lèvres. Julien fait de même. Il n'aime pas que sa soeur ait de la peine. De son côté, Ariane cherche toujours où est passé Boris Bichonnet. Il est tellement petit qu'elle s'imagine qu'il a disparu.

Chapitre IV
Ariane ne voit plus clair

À la télé, un jour, Julien a regardé une entrevue avec un grand peintre. Le bonhomme ne s'appelait pas Pablo Picasso, mais il a quand même dit:

— L'amour est aveugle.

Ce n'était pas la première fois que Julien entendait cette expression. Nicole Chapleau, sa mère, l'avait déjà utilisée pour parler de Firmin Cadieux.

Firmin a été le copain de Catherine pendant une grosse semaine. Nicole le trouvait laid comme un pou. Catherine le trouvait beau comme un dieu.

Alors sa mère répétait souvent que l'amour est aveugle. La semaine suivante, Catherine a fait la connaissance de Vincent Langevin, son copain actuel qui est aussi le roi des bécoteux.

Maintenant, Catherine admet que Firmin était laid comme un pou. Vincent Langevin est mieux... un peu mieux.

Catherine le trouve beau comme un bécoteux. C'est comme ça.

Le peintre de l'entrevue de la télévision a ajouté que, dans sa vie, il avait beaucoup aimé les femmes. Julien a pensé que, pour un aveugle, il savait jouer avec les couleurs. Celui qui n'était pas Picasso a ajouté:

— C'est l'amour qui m'a fait peindre autant.

Et il a continué à parler des rouges, des bleus et des jaunes ou des verts de ses toiles. Einstein qui a un cousin de toutes ces couleurs qui n'est ni peintre ni aveugle a rigolé un peu.

Maintenant, Julien comprend pourquoi Ariane Potvin s'accroche partout. Elle est amoureuse folle de Boris Bichonnet et elle ne porte plus ses lunettes.

Elle est perdue, bute sur tout, parle quand il ne le faut pas. Mais surtout... il y a surtout qu'elle ne remarque rien.

Elle ne se rend même pas compte que Boris Bichonnet fait tout ce qui lui plaît sur le plateau. À tout moment, sa mère déclare que la scène n'est pas correcte, que son fils ne sera pas beau avec tel éclairage, que son maquillage lui donne

46

l'air d'un monstre.

Et la mère en cowboy prend une voix de shérif pour dire à la réalisatrice comment elle doit choisir ses images, à l'éclairagiste comment il doit éclairer son fils et à la costumière ce qu'elle doit changer aux costumes de Boris.

La bande d'extraterrestres en reste bouche bée. Ils ne pensaient pas que le roi du film pouvait ainsi mener sa barque.

Soudain, au beau milieu d'une scène où il est face à l'antiquaire, il se met à pleurnicher. Tout le monde se demande ce qu'il a.

Sa mère bondit devant les caméras, les mains pleines de mouchoirs de papier. Elle veut le consoler. Elle crie que l'on torture son fils.

Les techniciens posent des questions:

— Qu'est-ce qu'on lui a fait, à votre fils?

— Il va le dire, rugit-elle. Écoutez-le, il va le dire. Qu'est-ce qu'ils t'ont fait, mon Boris? Dis-le, qu'est-ce qu'ils t'ont fait?

Boris ouvre un oeil. Il regarde autour.

Ariane demande:

— Est-ce qu'il va mourir?

— Non, c'est dans son rôle, répondent les jumeaux Bienvenue de deux voix fort différentes.

Boris ne semble même pas gêné de voir autant de personnes le regarder comme s'il était en or massif.

— J'ai chaud, murmure-t-il péniblement.

Il se trouverait au beau milieu du Grand Canyon ou du Sahara qu'il n'agirait pas autrement.

— Il a chaud, hurle sa mère comme si son fils était le seul être sur Terre à souffrir de la chaleur.

Boris poursuit son jeu.

— Je veux un cornet de crème glacée aux framboises.

— Il veut de la crème glacée aux framboises, le pauvre chou.

Fernand Vachon, le producteur qui ressemble à un bouc, a été alerté, lui aussi. Il s'amène à bout de souffle. Il n'entend que la dernière phrase et, en riant comme s'il faisait une blague, il crie à son tour:

— Qu'on apporte de la crème glacée au chou pour la pauvre framboise.

La mère ne rit pas. Rémy Bontrain sourit. Ariane s'inquiète:

— J'y vais.

Philippe Dubuc l'attrape par le bras et l'assoit avant qu'elle s'envole.

— Reste là. Avec ton costume d'ex-traterrestre, tu vas faire peur au marchand de crème glacée.

Ariane s'assoit et boude.

Quelques minutes plus tard, sous les réflecteurs, Boris Bichonnet déguste sa crème glacée. Il lèche doucement la grosse boule fondante pendant que tout le monde le regarde. La boule fond vite. Peu à peu, son costume commence à se barbouiller.

La costumière voudrait en faire une histoire.

La mère de Boris sort ses griffes. Son fils a le droit de manger de la crème glacée quand il fait chaud. Et s'il se tache, c'est de la faute des réflecteurs qui devraient être éteints, de la réalisatrice qui devrait offrir un parasol à Boris, de tous ces enfants qui le regardent en le dévorant des yeux.

Le petit bouc revient au milieu de la place, il demande à tout le monde de

garder son calme. Il faut une bonne entente pour que le tournage d'un film se déroule sans anicroche. Il rit un peu et la costumière admet qu'elle avait prévu un costume identique.

— Voilà! Tout est bien qui finit bien, turlute M. Vachon.

Tranquille dans un coin du studio, Rémy Bontrain lit un vieux livre poussiéreux qu'il a trouvé dans son décor. Ce sont *Les fables* de La Fontaine, illustrées par Gustave Doré. Il y a plein de leçons dans ces fables.

La grenouille qui veut devenir plus grosse que le boeuf et qui finit par éclater, la cigale qui chante tout l'été, les animaux malades de la peste.

Rémy Bontrain a l'impression d'entendre la voix de son père quand il lui racontait ces fables.

En ce temps-là, il ne pouvait pas manger un cornet de crème glacée tous les jours, on ne parlait pas beaucoup de télévision et de cinéma, et il n'y avait pas de petit Boris énervant qui retarde tout le monde.

Rémy Bontrain a l'air d'un vrai antiquaire quand il dépoussière ainsi ses souvenirs. Mais il n'en parle à personne. Il attend de reprendre son rôle, calmement, comme il rêvait déjà de le faire au temps où les cornets de crème glacée coûtaient à peine cinq cents.

Les scènes souvent n'en finissent plus. Surtout quand les tournages se déroulent à l'extérieur. Parce qu'on ne tourne en studio que les passages qui se déroulent sur la planète lointaine et ceux qui se passent chez l'antiquaire.

Ailleurs, aux quatre coins de la ville, il y a des passants curieux qui désirent voir comment se tourne un film. Là, pour un rien, Boris Bichonnet et sa mère font arrêter le tournage.

Ils voudraient que la réalisatrice soit une marionnette à leur service. Ils voudraient que Rémy Bontrain joue moins bien. Ils voudraient que Catherine soit moins belle. Ils voudraient que toutes les paires d'yeux soient braquées sur monsieur Boris et sur lui seul.

Face à cette situation, Julien a une idée. Pourquoi ne pas jouer en attendant?

— Pourquoi jouer? demande Ariane. J'aime mieux regarder Boris.

— Regarde-le si tu veux, réplique

Martine Leroux. De toute façon, tu ne vois rien. Et lui non plus ne te voit pas.

Ariane est étonnée.

— Veux-tu dire qu'il porte des lunettes, lui aussi?

— Pas du tout, répond Julien. Il est trop snob pour voir qu'il existe du monde autour de lui. Il se prend pour le roi du cinéma.

— C'est ce que je pense, moi aussi, ajoute le gros Philippe Dubuc. Ce n'est pas sa faute, il est un roi gros comme... gros comme une tête enflée.

— Vous êtes des jaloux, constate Ariane Potvin.

— Nous, on va jouer au Monopoly, déclare Martine qui en a assez entendu.

— Bon, bon, conclut Ariane avec regret, je vais avec vous.

Chapitre V
Parfois Hawaï semble tellement loin

Malgré le soleil de juillet, malgré l'été, l'eau des piscines, les bicyclettes et tout, Julien est assis sur un banc d'école. Il s'ennuie. Dans un costume d'extraterrestre, il s'ennuie. Le cinéma n'est vraiment pas aussi excitant qu'il l'aurait cru.

— Prenez votre livre de français à la page 59.

Même l'école n'est pas aussi excitante que pendant l'année scolaire. Il faut continuellement recommencer les séquences. La comédienne qui joue l'institutrice bafouille toujours au même endroit. Et on entend Mireille crier:

— Coupez!

La comédienne a le trac. Pour l'énerver davantage, Boris s'impatiente. La comédienne pleure. Boris se fâche. Il devient méchant, lui dit qu'elle devrait pratiquer un autre métier, vendre des carottes et des navets.

La comédienne pleure à chaudes larmes. Elle finit par se consoler, mais elle tremble. La scène recommence. On crève dans les costumes d'extraterrestres.

— Prenez votre livre de français à la page 59...

Julien rêve à Carole Létourneau, son vrai professeur, celle dont la voix lui fait imaginer des musiques douces et des îles de soleil comme... Hawaï.

Mais au coeur de ce film qui ne finira peut-être jamais, Julien se rend compte que Hawaï est loin, loin, très loin... à l'autre bout du monde, de l'autre côté de l'univers, tout près de ses rêves les plus caressants.

Les extraterrestres sont dans la classe. Ils finissent par écouter leur professeur qui bafouille moins. La scène se poursuit, malgré la tache de chocolat chaud sur le costume de Philippe Dubuc.

C'est arrivé ce matin-là. Philippe a renversé son chocolat chaud sur son costume. En fait, pour une fois, ce n'était pas sa faute.

C'est Boris Bichonnet qui est passé à côté de Philippe et qui lui a donné un coup de coude. Était-ce volontaire? Tout le monde l'ignore. Chose certaine, Philippe s'est fait enguirlander.

La réalisatrice, Mireille Barbier, n'a jamais eu la voix aussi aiguë. Elle s'est vengée pour toutes les fois où elle n'a pas enguirlandé Boris.

Malheureusement, c'est le gros Philippe qui a écopé. Et non ce foutu Boris.

La scène se tourne malgré le livre qu'Ariane tient à l'envers. Elle ne porte toujours pas ses lunettes. Elle répète continuellement la même chose aussi:

— Boris, il est fin! Boris, il est beau!

Pas besoin d'être un détective privé pour deviner que Boris avait bien planifié son coup. Boris Bichonnet voulait se venger. De quoi? Mais de son échec au Monopoly.

Parce que les scènes n'en finissent plus, parce que les attentes sont longues à mourir, un club de Monopoly s'est tranquillement formé. Tous les extraterrestres en font partie.

Et Catherine, qui persiste à dire que le vrai cinéma est plus intéressant, s'est joint au groupe. Rémy Bontrain aussi.

En quelques jours, chacun a démontré clairement qu'il préférait le Monopoly aux scènes sans queue ni tête de Boris Bichonnet.

Surtout lors des séquences tournées au Jardin des merveilles ou à l'aquarium de la Ronde, le temps est devenu tellement long que l'immense roulotte de ceux que l'on appelait désormais les extraterrestres s'est remplie. Un superbe tournoi de Monopoly a commencé.

Boris s'est rendu compte qu'il perdait une large partie du public. Un jour, avec sa mère, il s'est amené chez les extraterrestres. Pour la première fois depuis le début du tournage, il réalisait qu'il y avait des gens sous les costumes.

Parce que c'était évident que les extraterrestres, les vrais, ne se mettent pas à jouer au Monopoly sans qu'on leur explique les règles du jeu.

Et voilà que Boris a dit:

— Le Monopoly, moi, j'adore ça.

Julien a levé la tête et il a souri.

— Nous aussi.

— Je donnerais n'importe quoi pour jouer une partie avec vous autres.

— On est complet, a dit Martine en continuant à brasser les dés.

C'était clair, net et précis. Mais Boris

n'aime visiblement pas qu'on lui parle sur ce ton-là. Sa mère n'apprécie pas que son fils subisse un tel affront. C'est elle qui a hurlé:

— Faut pas parler à Boris comme ça.

Alors, émue et tremblante, Ariane Potvin s'est levée.

— Tenez. Je lui cède ma place.

Sans même la remercier, le comédien-vedette s'est assis à la place d'Ariane. Le diable venait de s'installer dans le jeu.

D'abord, Boris a voulu changer les règlements.

Ensuite, il a décidé que chacun devrait lui donner un terrain parce qu'il avait commencé après les autres.

— Mais tu as pris la place d'Ariane, lui a expliqué Éric Bienvenue.

— Elle est épaisse, a répondu Boris. Elle avait mal joué.

Les yeux d'Ariane se sont remplis de larmes. Elle avait le coeur gros comme un hippopotame qui joue du tam-tam.

Les autres joueurs ont refusé de donner un terrain. Alors Boris s'est mis à tricher. Il ne comptait plus les cases comme il faut. Son pion aboutissait où il voulait bien le faire arriver.

Quand il ne pouvait faire autrement que de s'arrêter sur le terrain d'un adversaire, il refusait systématiquement de payer l'amende.

Bientôt, tout le jeu a été à l'envers et chacun criait dans les oreilles de son voisin.

Calmement, Julien qui ne parle pourtant pas beaucoup, Julien qui ne veut jamais de mal à personne, Julien s'est levé. Il a dit:

— On va arrêter de jouer comme ça. Ce n'est plus du jeu.

Puis il a regardé Boris et lui a déclaré bien franchement:

— Toi, tant que tu joueras, moi, je ne jouerai pas.

Devant une telle démonstration de courage, Philippe Dubuc n'a pas voulu être en reste. Il s'est levé à son tour en renversant le jeu et a répété exactement la même phrase.

Les jumeaux Bienvenue les ont imités, suivis de Martine Leroux.

Seule Ariane n'a rien dit. Elle pleurait doucement dans un coin.

Boris Bichonnet est sorti la tête haute.

Le lendemain, il s'est présenté sur le

plateau avec un jeu de Monopoly en or. Il était certainement le seul à en avoir un semblable. De même, il était le seul à vouloir jouer dessus. Et jouer au Monopoly tout seul, ce n'est pas tellement drôle.

La séquence de la classe est presque terminée. La comédienne-institutrice demande à l'extraterrestre-Julien:

— Peux-tu épeler le mot «girafe»?

Julien gratte la plus longue de ses trois oreilles. Et puis, comme tous les extraterrestres qui ont des problèmes d'orthographe, il murmure:

— J... Y... R... A... P... H... E.

Tout de suite, le génie-Boris lève le doigt. Il est censé donner la bonne réponse. Il épelle avec fierté:

— G... I... R... A... P... H... E.

Mireille Barbier crie:

— Coupez!

Boris Bichonnet est amer. Il raconte que l'institutrice s'est trompée, qu'elle lui a fait un clin d'oeil, que Philippe Dubuc a lâché un pet, que... les autres sont fous et sont en train de le détraquer. Il raconte n'importe quoi. Il est tout seul à se croire. Il est tout seul.

Chapitre VI
La pyramide qui tombe

Dans les moments creux, Rémy Bontrain s'occupe toujours. Ou bien il fait les mots croisés du journal quotidien. Ou bien il lit l'horoscope du même journal. Quand on lui prédit un malheur, il s'en amuse. Il jure à qui veut l'entendre:

— Moi, je suis né sous une bonne étoile. Alors les petits malheurs, je leur fais des pieds de nez.

Rémy Bontrain est toujours de bonne humeur. Malgré ses trois divorces et malgré quelques rhumes de cerveau.

Rémy fait rire la belle Catherine. Quand elle semble triste, il trouve les paroles pour lui redonner sa bonne humeur. En d'autres mots, Rémy met de la bonne humeur là où Boris Bichonnet ne sème que la discorde.

Mais le comédien a failli se faire décapiter par la mère de Boris Bichonnet. Tout cela à cause d'une pyramide.

Qu'est-ce qu'une pyramide vient faire ici? Voici quelques explications.

Dans la séquence la plus importante du *Petit homme des planètes*, le personnage de Boris, qui est très gentil, a sauvé un groupe d'extraterrestres dont la planète allait éclater. Il les a amenés sur la Terre.

Les journalistes du monde entier entourent donc le garçon qui devient ainsi l'humain le plus intéressant de la galaxie. Les photographes se bousculent devant lui.

Et les chasseurs d'autographes ne cèdent pas leur place. On demande au héros de se laisser photographier avec ses amis extraterrestres.

Mais voilà! la situation ne paraissait pas encore assez glorieuse aux yeux de Boris Bichonnet. Il a décidé que les extraterrestres devraient former une pyramide au sommet de laquelle il pourrait monter.

Imaginez Boris Bichonnet en haut d'une pyramide d'extraterrestres.

Philippe Dubuc a trouvé l'idée un peu forte. Martine Leroux a jugé que Boris était trop lourd pour son dos. Les jumeaux Bienvenue se sont plaints d'être encore en dessous de tout et de se faire écrabouiller.

Julien, lui, a dit qu'il n'appréciait pas les pyramides vivantes. Pas plus qu'il n'aimait recevoir la bascule le jour de son anniversaire*.

Seule Ariane-les-oreilles a crié au génie. Elle s'imaginait peut-être qu'elle tiendrait alors la main de son idole. Elle se trompait.

Encore une fois, Mireille Barbier, la réalisatrice, s'est pliée aux exigences de Boris et de sa mère. Elle a demandé aux jumeaux, à Philippe et à Julien de former la base de la pyramide.

Ensuite, Martine et Ariane devaient en constituer le deuxième étage. Enfin, Boris Bichonnet dans toute sa gloire allait monter debout sur les épaules des deux filles et trôner comme si des siècles l'observaient.

Boris a donc grimpé. Tout de suite, la pyramide a donné quelques signes de faiblesse. La jeune vedette s'est installée plus confortablement. La pyramide a

*Voir *Le roi de rien*, chez le même éditeur.

dangereusement imité la tour de Pise.

Philippe a jeté un regard complice aux autres garçons. Pour une fois, il a eu l'allure d'un chef. Surtout d'un chef qui a enfin une bonne idée. Il a dit entre ses dents:

— Je commence à en avoir par-dessus la tête de ce Boris-là.

La réalisatrice a crié:

— Silence, s'il vous plaît!

Le silence est revenu.

— Moi, il me fait... avoir de mauvais plans, a grincé Philippe.

Mireille Barbier a encore crié:

— Silence!

— On commence à comprendre ce que tu veux dire, ont murmuré les jumeaux Bienvenue en clignant chacun d'un oeil différent.

— Vous pensez vraiment qu'on devrait le laisser tomber? s'est faussement inquiété Julien.

— La prochaine fois qu'elle crie «Silence!», moi, je m'écrase.

Philippe Dubuc avait la voix d'un affamé qui n'a rien avalé depuis dix jours.

— Est-ce que ça va finir par commencer? a hurlé Boris Bichonnet qui souffrait un peu de vertige. La pyramide tanguait comme une vieille coquille de noix qu'un ouragan secoue.

La réalisatrice a pris une grande respiration. Boris Bichonnet lui tapait sur les nerfs depuis un bon bout de temps. Elle commençait à en avoir assez, elle aussi. Alors, elle a déclaré en pesant bien ses mots:

— On va tourner quand tout le monde gardera...

Et en criant de toute la puissance de sa voix:

— ... le silence!

On aurait pu penser qu'elle venait de dire «Au feu!» au début d'un incendie ou «Au jeu!» au début d'une partie de n'importe quoi. En tout cas, la pyramide s'est écroulée avec un fracas de fin du monde.

En moins d'une minute, on aurait pu croire qu'une explosion venait de faire éclater le studio.

La base de la pyramide a craqué en criant:

— Banzaïïïïï!

Le deuxième étage, celui des filles, n'a pas pris le temps de se demander ce qui se passait. Martine et Ariane n'ont même

pas pu se mettre en boule pour pouvoir rouler sans se blesser.

Enfin, devant tous ceux qui devaient l'admirer, Boris Bichonnet a déboulé cul par-dessus tête.

Les faux journalistes qui devaient photographier l'événement ont applaudi. Les vrais journalistes, qui aiment photographier le tournage de films, se sont questionnés. Et Rémy Bontrain et Catherine Roy se sont mis à rire comme jamais on n'avait entendu rire devant une scène ratée.

La mère de Boris s'est portée au secours de son enfant gâté de fils. Elle l'a attrapé par le chignon et l'a presque étranglé croyant ainsi lui sauver la vie.

Finalement, pendant que Boris allait se réfugier dans sa loge, elle s'est appliquée à enguirlander Rémy Bontrain qui riait de plus belle. Elle l'a même accusé d'avoir incité les jeunes à laisser tomber son Boris chéri.

Rémy a répondu qu'il n'avait rien fait du genre.

— Les jeunes sont assez intelligents pour se défendre tout seuls.

Toujours dans son costume de cowboy, la mère de Boris Bichonnet est montée sur ses grands chevaux. Du regard, elle a fusillé Philippe qui, empêtré dans son costume caoutchouteux d'extraterrestre, se relevait avec peine.

Le gros garçon n'est pas tombé dans les pommes. Il s'est défendu comme d'habitude:

— On n'a pas fait exprès. Ce n'est pas notre faute.

Tout le monde savait fort bien qu'il mentait, mais personne n'allait le lui reprocher. Même pas la réalisatrice, Mireille Barbier, qui a demandé:

— Bon. Il faudrait que Boris revienne, là. On va recommencer la scène, mais telle qu'elle était prévue dans le scénario.

— Ça, on va en discuter, a répliqué la mère en se ruant vers la roulotte de son fils.

Là, elle s'est butée à une porte verrouillée.

— Boris, mon tit-loup, ouvre. C'est moi.

Personne ne répond.

— Mon tit-homme, mon Boris d'amour, c'est maman qui parle.

Toujours le silence.

Alors elle a éclaté.

— Vous voyez ce que vous avez fait. Boris ne veut plus tourner.

Boris Bichonnet, dans sa loge, boudait et le film semblait bel et bien en panne. Quand on est le roi du cinéma, on met tous les autres dans l'eau chaude.

Chapitre VII
Julien-la-doublure

M. Vachon rit encore. Mais il rit jaune. M. Vachon ne trouve pas la situation particulièrement drôle. À son tour, il frappe à la porte de la roulotte.

— You hou! Boris! Ici Fernand Vachon, le producteur. Je voudrais te parler deux minutes.

Pas de réponse.

M. Vachon se balance sur ses talons puis sur ses orteils. On pourrait croire que ses pieds sont de longs berceaux. C'est sa manière de s'impatienter. Et quand Fernand Vachon s'impatiente, il a l'air d'un bouc en colère. Et un bouc en colère ressemble souvent à un diable.

Il emprunte sa voix autoritaire:

— Boris Bichonnet, tu vas venir tourner la scène, sans ça je brise ton contrat.

La mère de Boris prend la parole. Elle est rouge, elle aussi.

— Vous voulez dire que vous allez

déchirer son contrat?

— En tout petits morceaux, vocifère le bouc en colère.

— Si vous le déchirez en petits morceaux, votre film va être un fiasco. Ça va être le film le plus nono qui ait été tourné de Montréal à Toronto.

Soudain, comme s'il ne voyait plus les techniciens, la réalisatrice, les comédiens, les journalistes et les enfants, Fernand Vachon devient larmoyant.

— Nono, mon film? *Le petit homme des planètes*, nono?

Il se jette à genoux devant la porte de la roulotte. Il pleurniche:

— Sors, Boris. Je t'en prie, sors. Tu es la plus grande vedette du monde. Sans toi, le cinéma n'a plus de salles, plus de caméras, plus de réflecteurs, plus d'affiches. Sans toi, je ne suis qu'un petit producteur de rien du tout.

Dans sa roulotte, Boris reste silencieux comme au vieux temps des films muets.

Alors, croyant qu'elle peut vraiment faire quelque chose pour sauver la situation, Ariane Potvin se précipite au coeur de l'action. De son front, elle écrase le nez de Fernand Vachon. Cela ne l'empêche pas de crier quand même:

— Boris, c'est moi, Ariane. Tu es le plus grand comédien de tous les comédiens du monde des comédiens. Viens finir le film, sans ça il ne vaudra pas de la crotte.

À la surprise générale, Boris daigne répondre.

— Ariane? Ariane qui?

Le coeur d'Ariane fait trois ou quatre triples sauts dans sa poitrine. Elle n'en croit pas ses grandes oreilles.

— Ariane Potvin, chuchote-t-elle amoureusement.

Boris réplique d'une voix qui n'a rien de langoureux.

— Si tu es la fatigante qui se cogne partout, mets tes lunettes et rentre chez toi. Tu me tapes sur les nerfs.

Pendant un instant, un silence de mort règne sur le plateau. Ariane devient rouge, verte, jaune, blanche. Va-t-elle faire la planche?

Elle devient bleue, violette, rose et rouge écarlate. Elle se met à frapper de toute la force de ses poings fermés dans la porte de la roulotte.

— Boris Bichonnet, tu es un orgueil-
leux, un vantard, tu te prends pour un
bon Dieu. Tu te prends pour le roi du
cinéma. Tu ne vaux pas de la morve. Je
t'aimais à la folie. J'étais une mautadite
folle. Maintenant, je ne t'aime plus. Je ne
veux pas te revoir la fiole.

Elle se retourne. À travers ses larmes
qui doivent lui servir de lunettes, elle
aperçoit Julien qui observe la scène tout
près de sa soeur Catherine. Alors Ariane
revient vers la porte de la roulotte. Très
clairement, elle poursuit:

— Et puis, si tu veux le savoir, Boris
Bichonnet, tu n'es pas un bon comédien.
Mon ami Julien Roy pourrait te remplacer à n'importe quel moment. Et il est
de ta grandeur, il te ressemble un peu. Il
est cinquante mille fois plus intelligent
que toi.

Alerté, Fernand Vachon se met à
fouiller le public de ses petits yeux
rieurs.

— Qui est Julien Roy?

Timidement, Julien lève la main.

— Sais-tu que tu pourrais faire la
doublure de Boris? Même que tu pourrais
peut-être le remplacer. Plus je te regarde,

82

plus je le crois.

Le petit bouc rieur n'a pas fait trois pas vers Julien que la porte de la roulotte grince.

Qui est-ce qui en sort, penaud, le caquet bas et les oreilles molles? Boris Bichonnet.

Sa mère se précipite sur lui.

— Ils t'ont fait de la peine, hein, mon petit cerf-volant rose?

Boris la regarde.

— Pas trop. Mais si je veux devenir un grand comédien, il faut que j'endure ça. On va reprendre la scène. Je pense qu'elle était mieux avant.

Fernand Vachon se met à ricaner. Il a toujours adoré les films qui finissaient bien. Maintenant, il a l'impression d'entendre une musique fleurie. Il esquisse quelques pas de danse. Et il pile sur les pieds d'Ariane qui vient de chausser ses lunettes.

— Vous ne regardez jamais où vous allez quand vous dansez, vous! lui reproche la fille qui peut enfin voir quelque chose.

Chapitre VIII
Les histoires d'Einstein

Le tournage s'est terminé par une petite fête au cours de laquelle M. Vachon a beaucoup ri. Il a aussi souvent levé sa coupe de champagne à la santé de tout le monde.

— Au succès de notre chef-d'oeuvre *Le petit homme des planètes*.

Les applaudissements ont fusé comme des feux d'artifice.

M. Vachon était heureux. Le champagne le faisait doublement rire. Les jeunes ne buvaient pas de champagne. Ils sirotaient des cocktails Shirley Temple. C'est une recette en l'honneur de l'ex-petite vedette du cinéma américain.

Le cocktail est fait d'un peu de grenadine, de glace et de 7-Up. Ça pétille et ça donne l'illusion d'être meilleur que du champagne.

On a beau dire, les leçons ne portent pas toujours. Seul Boris Bichonnet a refusé les cocktails Shirley Temple. Lui, il voulait absolument du champagne. Sa mère a insisté pour qu'il en ait. Dès sa première coupe, il est redevenu le roi du film.

Cela n'impressionnait plus personne. Il n'y avait que sa mère pour écouter ses caprices. Et c'est comme ça qu'elle a été forcée de le prendre sur ses épaules et de faire le petit cheval comme elle le faisait quand il avait quatre ans.

Elle a quitté le plateau en hennissant. Ça ne doit pas être drôle pour une femme en costume de cowboy de devenir un cheval.

En tout cas, Boris Bichonnet semblait plus à l'aise sur les épaules de sa mère qu'au sommet de sa pyramide.

Philippe était fier de son coup. Il n'arrêtait pas de demander à M. Vachon:

— Le film, il va sortir quand, dans les salles?

— Ça fait dix-huit fois que je te le dis...

— Je sais, mais j'oublie toujours. Ce n'est pas ma faute.

— Vers la fin de l'automne. On va inviter tout le monde à la première.

Et déjà, les jumeaux Bienvenue se voyaient en habit de cérémonie. Des habits tout à fait différents. Martine se ferait coiffer comme une punk et Ariane... eh bien, pour voir le film, il est certain qu'Ariane Potvin porterait ses lunettes!

* * *

L'été, on pourrait croire que Stéphane Roy joue au baseball. Eh bien non! Stéphane aime trop le hockey pour jouer au baseball. En vérité, il déteste le baseball. Ce qu'il aime, c'est la glace.

Et où trouve-t-on de la glace l'été? Dans une école de hockey. Il est maintenant parti à son école de hockey. Ça devient son camp de vacances. Il continue à compter des buts. Il apprend l'anglais du même souffle.

Ce soir-là, il n'est donc pas à la maison quand Jean-Claude Roy apporte d'autres mets chinois.

— En quel honneur? lui demande Catherine.

— J'ai un travail pour toi.

— Un autre film.

Catherine est déjà debout, prête à sauter dans sa robe légère et à aller passer une nouvelle audition.

— Non, lui répond Nicole, sa mère. Ton père et moi, nous allons à la mer en amoureux. Et toi, tu vas me remplacer à mon snack-bar.

Catherine est presque insultée.

— Moi? Tu voudrais que moi je fasse des hot dogs, des frites, des hamburgers pour les camionneurs, les chauffeurs de taxi ventrus et les passants ordinaires?

— Pourquoi pas?

— Tu as l'air d'oublier que j'ai fait du cinéma et que je deviendrai peut-être une vedette.

Comme s'il saisissait parfaitement la situation, Einstein prend la parole:

— Tu vas être la reine du cinéma.

— Oh non! Moi, ce perroquet-là, si je l'attrape, je le fais rôtir sur le barbecue.

Catherine semble fâchée. Elle ne l'est pas vraiment. Au fond, elle est une excellente comédienne. Et elle vient de comprendre qu'il ne faut jamais se prendre pour le roi du monde ou de quoi que ce soit. Ça, Julien le sait depuis longtemps, lui qui reste le roi de rien.

Et pendant que Catherine joue à être la reine du hot dog dans les souliers de sa mère, pendant que Stéphane joue au hockey, pendant que Jean-Claude joue à être un Chinois avec les baguettes qu'il ne sait pas manipuler, pendant que le roi des bécoteux met de la moutarde dans les hot dogs et secoue les frites graisseuses, Julien reste avec son perroquet.

Einstein lui raconte des histoires. Ah! des histoires en couleurs, des histoires à peine croyables. Des histoires qui pourraient faire de grands films qui se termineraient toujours par le mot:

FIN

Table des matières

Achevé d'imprimer
sur les presses des Ateliers des Sourds Montréal (1978) inc.
1er trimestre 1989